A MYSTERY BIGGER THAN BIG

A MICKEY RANGEL MYSTERY

BY RENÉ SALDAÑA, JR.

PIÑATA BOOKS

PIÑATA BOOKS
ARTE PÚBLICO PRESS
HOUSTON, TEXAS

A Mystery Bigger than Big: A Mickey Rangel Mystery is made possible through grants from the City of Houston through the Houston Arts Alliance and the Texas Commission on the Arts. We are grateful for their support.

Piñata Books are full of surprises!

Piñata Books
An imprint of
Arte Público Press
University of Houston
4902 Gulf Fwy, Bldg 19, Rm 100
Houston, Texas 77204-2004

Cover design and illustrations by Mora Des!gn Group

Library of Congress Cataloging-in-Publication Data available.

Printed in the United States of America
May 2016–June 2016
Versa Press Inc., East Peoria, IL
10 9 8 7 6 5 4 3 2 1

for all my little brothers and sisters still on their journeys— prayers . . .
for Bill Broz, a dear friend, gone . . .
for the City of Houston and the Houston Arts Alliance . . .
for Tina, my heart, always . . .

ONE

R UMORS HAD BEEN FLYING over the last few days about the new girl in school. She arrived last Wednesday halfway through lunch. I'm not telling you anything new when I say that school lunches are not the best, but this girl ate it so quick that I wondered for a second whether she'd gotten something different than I had. When she was done, she sat in her spot quietly while the rest of us finished, then we got in line and headed back to English class. Mrs. Garza walked right beside her, her arm around the girl's skinny shoulders. When we got to class, we each took our seats, and Mrs. Garza pointed out an empty desk close to the front of the room, next to me to my left. The girl clasped her hands together in front of her and rested them on her desk, looking down at them the entire time. There were a few moments when she was so quiet that I seemed to forget she was there. I'd inadvertently look to my left, and she'd reappear. Until the next time that she disappeared. On and on like that, until Mrs. Garza introduced her.

Her name was Natalia. "Now," Mrs. Garza said, "say hello to our new friend," which we did in

1

unison. She never looked up, she never said hello back. She didn't blush or smile. This is how the rumors got started.

After school, Bucho, as only Bucho could, said, "She's hiding something. That's why she's keeping her mouth shut." What was she hiding, according to him? Her father was a drug lord in Mexico, and he and the girl's mother had been killed in a deal gone bad. It got worse. The girl had moved to South Texas from somewhere in "Old Mexico" because she had seen too much. She had made it out alive and was a witness. If she hadn't escaped she would have suffered at the hands of the murderous gang. "These guys live by a code. If a witness is dead, she can't talk," he said. And worse. The girl *had* testified against some bad people and had gone into protective custody, and so on and so on. An already bizarre story growing more and more outlandish. But that was just like Bucho, my archnemesis from the time we were in diapers. There's a picture of the two of us at a birthday party for a neighbor kid. We were literally in diapers. Ricky, my twin brother, was in my mother's arms asleep, as usual. I was sitting in the sandbox, my back to Bucho. Without me knowing, his fists were filled with sand, and when the picture was taken, he was on the verge of dumping both fists onto my head. Once a bully, always a bully.

Today, he didn't like being told his ideas were dumb. So when I pointed out his stories were absolute fabrications, true to form, he leaned in face to face with me, growled a threat and gave me a head butt. Like that made his ideas right all of a sudden.

Another story going around was that the girl's parents were Russian spies who got caught doing what spies do. The parents ended up in a prison in Siberia, and Natalia (which, interestingly enough, was very Russian sounding) fled for her life, getting out of Russia by the skin of her teeth. None of this explained why she didn't look Russian or why she spoke perfect Spanish, but no Russian, the times I'd heard her.

One after another, each more and more unbelievable than the last, the stories swelled. Imagine the weirdest story you can make up involving a runaway from the circus to an escapee from an asylum to being the sole survivor of a plane crash, leaving her all alone. What wasn't mentioned, surprisingly, was the most interesting possibility to me: that there had been an alien abduction and eventual return after some poking and prodding by the little grays. I'd recently started reading up on UFOs and ETs.

But every one of those rumors was bogus. Anyone with half a brain could tell the difference between something true and a hill of beans. So far, I'd heard nothing but bean hill after bean hill, and I wasn't shy about pointing this out to people starting their rumors.

"Well," Bucho said one day at recess, "if our stories are so unbelievable, why don't you share with us your theory?"

At the time I didn't have even a working theory besides my alien abduction, which was way way out there. I had nothing. I had been too busy dispelling everyone else's phony-baloney stories.

"So?" asked Bucho. "Are you gonna tell us or not?"

When I didn't answer, he added, "I knew it. The great Mickey Rangel, boy detective, is a fake."

That made me angry. I wasn't a fake. I was the real deal. I had an identification card in my wallet to prove it. At home, hanging on my bedroom wall, was the certificate I printed when I had completed my online detective courses. I solved plenty of mysteries in my time, some pretty complicated ones, as a matter of fact. So to put Bucho in his place, I stuck out my chest in his direction, looked him in the eyes, and said, "Hardly a fake, Bucho. I just know not to jump to silly conclusions, like you have. I'll prove you wrong, and you'll end up looking like a fool, as always."

He bared his teeth at me and took a step in my direction. I didn't budge. "I'll tell you what. I will solve *The Secret of the Quiet Girl*."

"Whatever," said Bucho. "First of all, what a weak-sauce name for the case. Second, like I said before, I think you're a phony, a through-and-through counterfeit. Third . . . ," he said, holding up three fingers.

We all stood silently by waiting for him to finish. He didn't. He couldn't. He was struggling to come up with something else, so he tried it again. "Yeah, third . . . ," but nothing came. Then the bell rang.

As I turned to leave, I swung around one last time and said, "No cause for worry, because Mickey Rangel is on the case."

TWO

BUCHO WAS RIGHT ABOUT ONE THING: I did need to come up with a catchier name for my case. "The Secret of the Quiet Girl" just didn't have that certain ring to it. It was missing that *je ne sais quoi*, whatever that meant in Latin. It had no punch to it. So that was item number one on the agenda. Then I'd get to the work at hand, finding out where this girl had come from and what, if anything, she had to hide.

At home, I went online and searched the titles of the Hardy Boys and Nancy Drew mysteries for ideas. Mostly these included the words *secret, mystery* or *clue*. Nothing useful to me, though. So I took out my Detective's Notebook to jot down some original titles for this mystery I needed to solve. I wrote down several: *The Mystery of the Suddenly Appearing Girl; The Secret of the Girl Who Appeared, Seemingly, out of Thin Air; The Clue of the Silent Girl; The Mystery of the Girl with the Russian Name, but Who Spoke Only Spanish*. This exercise led me nowhere, either. After all was said and done, I'd come up with some fifty possible titles, none of which worked, and I'd wasted three pages in my notebook and forty-five minutes of my time that I could've put to better use.

Later, I watched the six o'clock news with my dad. One report had to do with the countless children who were arriving daily from Central America. "Oftentimes," the reporter told us, "these children are called 'unaccompanied,' meaning, they leave home on their own, without a parent or older sibling to watch over them, and arrive — if they arrive — still on their own."

"*If* they arrived?" I asked Dad.

My dad shook his head at the news, my question, or both. "Things are desperate, m'ijo," he said.

Before I could ask what he meant, he stood and headed to the kitchen. I kept watching the news, changing the channels to see if the other reporters would somehow explain to me why children would leave their families behind to come to the United States. I didn't get it. I would never abandon my family like that. And I guarantee my parents would never let me just leave. They loved me too much. So was that what Dad meant by "times are desperate"? That kids were so unloved, felt so uncared for, that hundreds, if not thousands, of them would decide to leave house and home behind and head to a strange land? It was, after all, third world countries these kids were leaving behind. It made sense (though at the same time it didn't) that parents in these countries were different from parents in the United States. I didn't want to think about that, but I couldn't help it. Could they love their kids any less than my parents do me and Ricky? Could they be so cold hearted that they couldn't care less one way or the other if their children just up and left one day?

I tried putting myself in the kids' shoes. What if my parents didn't love me? What if they didn't care whether I was part of the family or not? What if it was no skin off their noses if I one day simply disappeared? Could I then abandon my family?

Try as I might, I couldn't wrap my brain around the thought. So I dropped it. I pulled out my Detective's Notebook and outlined my plan for solving *The Mystery of . . . The Secret of . . . The Clue of . . .* No, no and no. I had nothing. I didn't even have a plan of attack. Maybe Bucho was right. Maybe I was no detective. Maybe I was just a kid in fifth grade who'd printed out a certificate from some online place that handed those out left and right to whomever, along with certificates in underwater basket weaving, watching grass grow and screwing in light bulbs.

I was feeling pretty sorry for myself. I mean, if I wasn't a true-blue PI then none of those other cases I'd solved mattered. My solving them must have been a fluke.

That night, I didn't get any shut-eye. I had to figure out, first of all, whether I wanted to keep being a private eye; and if I did, did I want to be a good one or a so-so one?; and, lastly, . . . lastly? I couldn't think of anything else pressing. I didn't sleep a wink wondering about those two things.

THREE

THE NEXT DAY AT SCHOOL, people must have confused me for my twin brother, Ricky, because I was the one nodding off in the middle of class.

"It's so unlike you, Mickey," Mrs. Garza said. "Is anything the matter?"

"Just a long night. Trying to figure something out," I answered.

"Oh, are you on a new case?" she asked.

"No, not really." Then I saw Natalia walk into class. "Actually, yes."

"Anything interesting?"

"Hmmm, not so much. Just an everyday affair," I said.

"Well, let me know how it goes."

"Sure will, Mrs. Garza," I said and sat up straight at my desk, hoping that would help me stay alert.

"Remember, Mickey, open eyes and an open mind mean wide-open possibilities."

"Yes, ma'am." Sometimes when Mrs. Garza said stuff like that I swore she was my so-called Angel or the one who put together my online detective's courses, because they always included catchy little phrases like that to help in our detectiving.

She called the class to attention and told us she was reading a book aloud. Some of us moaned, others groaned because we were fifth graders, after all, and being read to was a thing for little kids, which we were not.

Secretly, I enjoyed the times she read to us. I could sit back, listen and see the story in a whole different way than when I had to read to myself silently and make out what the author's purpose was or point out the theme or support my reader's opinion of the story by quoting specific lines from the books, which made me not enjoy reading so much. This other way, there was no deep thinking about a story. Instead, I simply listened and could imagine the magic of a book. I didn't care if read-alouds were supposed to be for babies, I always looked forward to these times. Besides, Mrs. Garza was a brilliant reader-alouder. She talked in different voices for different characters, she hardly ever stopped the reading to ask us questions about what she'd just read to make sure we were listening, and she acted certain parts out.

"Today's book," she said, "is a book called *My Shoes and I*, and it's written by René Colato Laínez. It's a story about a boy who treasures his new shoes because, one, they were given to him by his mother, and two, he loves his shoes because of the journey they take him on. It's a story about immigration. Can anyone tell me what they know about immigration?"

I knew plenty. It's what was on the news the night before. I was about to raise my hand to signal that I wanted to make a connection. I would tell her that it means leaving one place to move to another, and in some cases, immigrants leave family and home behind, but what I didn't get yet was why they would leave the safety of home to go on such hard journeys in the first place? And why would parents let their kids go off on their own, or why would moms travel across a few countries with their little children to get to the US, putting them in jeopardy, like the news reporter was saying about some of them? He even said that some risk death just to get here. That was something else I didn't get, and I knew it would make for good discussion, just like Mrs. Garza liked. I'd really impress her.

But before she saw my hand raised, she spotted Bucho's, and so she called on him. I wasn't expecting much from him, at least not the deep sort of questions I meant to bring up. Even I was surprised with his contribution, though.

He said, "An immigrant is a person who leaves behind all that he treasures to head to a strange place because, even though he's leaving behind what is most important—like family, like the house you were born in and grew up in, your friends, your school, your church, basically everything you've ever known—you know in your gut that where you're headed is the place of dreams. They don't even have to be big dreams, either. An example might be to make sure that your kids who aren't even born yet will have a chance at a better life than had you stayed put."

I was stunned, mostly because *who knew*! I mean, who knew Bucho, the biggest bully in the whole wide world, could ever think something so deep and . . . and . . . beautiful? Was that the word I was looking for? Yes, it was. I think everybody else, including Mrs. Garza, thought the same thing as me, because they were deadly quiet. They were looking at him like he was some sort of wise man on a mountaintop telling us the secrets of the world.

Then Mrs. Garza said, "You know what, Bucho, you're exactly right." She didn't say it all excited-like. She didn't jump up out of her chair like she generally does when one of us gets an answer right to a hard question. She didn't ask the class to snap happy fingers at his response. She didn't tell him to kiss his brain because he was so smart. Instead, she whispered. But the class was so quiet that we all heard her anyway.

Bucho nodded one little time, whispered back, "Thank you," and then told the rest of us, "It's my grandfather's story, actually. He came here from Mexico a long time ago. He was just a boy himself, when he was around fifteen or sixteen. He says he came here to work, to start a new life. He didn't know back then he was going to meet my grandma later that year in Peñitas, much less that they would soon be married, much less that years and years later I would be born to his oldest son, but you wouldn't know it by the way he tells it. He says he knew one day I'd be born, along with all his other grandchildren, and that he wanted us to all get a good education, get good jobs later, find our perfect mates like he had, start our own families and keep that dream alive. The way he tells it, he did what he did for our children and our children's children.

Crazy, right? I mean, I'm just a kid. I'm never going to get married, which means I'm never having kids. What does he know that I don't know? Sometimes I think Grandpa's a little loony."

"Far from it, Bucho. Because if he's crazy, then so is my dad, who came over like that, too, with the same kinds of aspirations," said Mrs. Garza.

I looked over at Natalia for some reason, and she'd put her head down on her desk, her face hidden in her folded arms. I wondered, *Is she sleeping?* She and Ricky were two peas in a pod.

Eventually, after a few awkward silent moments, Mrs. Garza read to us out of the picture book, which, like I said, would typically upset us, but I think we were all still in awe at Bucho's story, so we either didn't notice or didn't care at that point. Partway through the book, I still didn't understand why someone would choose to leave behind everything that he knew for the unknown. I just couldn't, to be honest.

At the end of the story, the boy and his father are crossing into the United States by swimming across a rushing river. The boy had made sure to keep track of his shoes by tying them together by the laces, but the current grabs hold of the shoes, and the boy loses them. He's able to snatch one up, but the other one is gone. Distraught, he searches down the river for the other and finds it caught on a branch. Thankfully, he's able to collect it. Across the river, the boy and his father reunite in a family hug with his mother. His shoes have seen better days, but he's got them, proof of his long and arduous journey.

I hadn't noticed that beside me Natalia was awfully quiet. Too quiet. I don't think anyone else noticed, because we all were quiet, but she had buried her head in her folded arms, almost like she was counting at hide-and-seek. And I thought I heard her crying. I could be wrong, but I wasn't. She was whimpering. I wondered what was up with that? I mean, sure, the story was sad, but they were only shoes. Once he made it to the US, he could get another pair. Without thinking, I looked down at Natalia's shoes, and she was pushing her feet as far back under the desk as she could. They were a scratched-up brown, and the laces were frayed at the ends. She suddenly looked up and caught me staring. I turned away, embarrassed. Mostly for her and her shoes. And now that I thought about it, her whole outfit was kind of shabby, down to the bow she wore on her head. I snuck a peek again, and she was glaring at me. It was such a fierce look I had to turn away. This time for good.

Right then I made up my mind to find out her story. She was still an enigma to me. She hardly, if ever, spoke in class. The few times I heard her speak it was in Spanish. She kept to herself. I had noticed that in the mornings she was dropped off by an older woman with bright orange hair. There was no hug good-bye or even a wave. Something strange was that the woman let her out of the van, and the moment Natalia was out, the woman was driving away. Afternoons, it was another woman usually picking her up. Again, no hello, no smile. Not even an exchange of words that I could tell.

At lunch, she sat off by herself. She ate fast, as though if she didn't the food would disappear. She was so thin I couldn't help but wonder where all the food went. It wasn't the tastiest food, either, but it seemed she didn't care.

In class, when she wasn't burying her face into the crook of her arm, she sat straight up, intently looked forward, and remained mostly quiet the whole time. She never raised a hand to try to answer. Who does that?

There was something very peculiar about her. And so I began studying her.

FOUR

Guatemala

I HAD EXHAUSTED JUST ABOUT ALL MY POSSIBILITIES trying to find out who this Natalia was, where she had come from, what her angle was. At every turn, I seemed to be hitting a wall head on.

Finally, I caught a break.

I had forgotten my library book in my cubbyhole, so I came back to class. The door was open, and I heard Mrs. Garza's soft voice coming from inside. She was speaking in Spanish.

I stopped short of the door and listened. I knew I should not have been eavesdropping, but "once a detective, always a detective," I told myself. I was curious to find out who she was talking to.

I heard Mrs. Garza say, "M'ija, it'll be okay. I'm sure your mother, if she were here, would tell you to keep being strong. To keep moving forward, despite your situation. I'm certain she would be so proud of you for making it this far."

"But Teacher, I've lost everything."

It was Natalia. My ears perked up.

She continued: "When I left Guatemala, I left with two cousins. Somewhere in Mexico, I lost them, or they lost me. Things were so very confusing.

Everything was moving so fast. One moment they were there; the next, they were gone. And I was left all alone. I waited and waited for them. I knew that once they realized I was not with them, they'd come back for me. But two days passed. They never came back for me. Then I knew I was on my own."

Interesting, I thought. *Most interesting indeed*. I was on to something big. I'd soon enough solve this little puzzle.

Then from somewhere behind me someone called my name: "Mickey!"

I panicked, afraid that Mrs. Garza would find me out, so I ran and hid. I found a safe place behind a water fountain just in the nick of time. Mrs. Garza must have heard my name called out, because she came to the door, looked up the hallway, looked down, then closed the door behind her. She hadn't seen me, though I had seen her.

As for who'd yelled out my name? I had no idea. There was not a soul to be found. Anywhere.

I returned to the library without my book, but I had so wanted to check out another book on UFOs. I had left the book behind the counter with the librarian, but no matter how much I begged, she was not going to let me check out another book without having returned the first one. Then I went for the sentimental appeal. No librarian alive could withstand it. "I guess, okay. But that means I won't have anything to read tonight. I was so looking forward to reading that book for the sake of reading it. But no. I guess I'll just have to suffer the consequences for my own forgetfulness. Thanks anyway, ma'am."

Then, for dramatic effect, I turned away slowly, my chin on my chest. And guess what? It worked.

"All right, all right, Mickey, but this is the last time. Either you return your books on time, or you won't get to check out any more books. I mean it."

"Oh, thank you, thank you, thank you," I said, and I meant it. I really wanted to read about aliens from outer space.

In class, I opened the book during silent reading time, and out fell a piece of paper. Something in my stomach twisted. I hadn't heard from my so-called Angel in a while. And though chances that this wasn't a riddle from him or her were impossible, as the librarian had been the only one with access to it behind the counter, well, knowing my Angel, it very well could be him or her. It could also have been a bookmark the previous reader left in the book. Or not.

I unfolded it slowly, dreading what I'd find. And sure enough, it was a note addressed to me. I looked around the room to see if I spotted anyone looking guilty. Ricky, as always, was nodding off, yawning, his head resting on a folded arm. No one else looked out of the ordinary. Everyone had his and her nose stuck in a book. Everyone, that is, except for Natalia, who had not gone to the library because she'd been in here talking with Mrs. Garza.

And I just then realized she was not in her seat. So I took a closer look around the room. She was nowhere to be seen. *Where could she have gone to?* I asked myself.

I went back to my so-called Angel's note. In big block letters, it read, "Sometimes a mystery is nothing more than a puzzle; a puzzle is just a game; and some games are not worth playing. So don't play them."

This was, perhaps, the most difficult riddle my so-called Angel had ever sent me in an attempt to help me solve a mystery. Not that I needed the help. Normally, the riddles took my attention away from the mystery to be solved. But they were fun to try to figure out.

In this case, I didn't know where to start with it. What I did know was that the moment I solved the riddle I would be able to 100 percent focus my attention on who this Natalia was, and more importantly I'd prove to Bucho I was the real deal. I'd have him eating crow soon.

FIVE

AT HOME THAT EVENING, I lay in bed going over what I had so far on this quiet girl.

First was a bunch of rumors started by the likes of Bucho, who'd heard from someone who heard it from someone else who knew a guy (but whose names Bucho could not divulge, because then they might come after him) that Natalia's dad was a higher-up in a cartel who got whacked, et cetera, et cetera. There were a few others making the rounds, though not as many as when she first arrived.

Second, the read-aloud/shoes incident. It seemed Natalia had been trying to make herself disappear, starting with her shoes, stuffing them as far back under her desk as they would go. And then, there was the glare I got from her. You would think she'd not be so mean, considering I was simply studying her for my case, collecting clues to discover what she was refusing to tell us on her own.

Third, the ladies who dropped her off who I had thought were her mother and/or aunts weren't her mother or aunts. I remembered a coldness to them that didn't make sense to me if they were related to Natalia. I mean, even an aunt or a cousin would give her a smile and a hug good-bye in the mornings, a smile and a hug hello picking her up in the after-noons. But she got neither. She just hopped out of and later into a van, buckled up and left. I hadn't paid attention to the markings on the side of the van, but I would tomorrow morning. I just hadn't thought to. But they could be relevant to my solving the case of who this girl was and where she came from. At the same time, I'd be putting Bucho in his place.

Fourth, there was the conversation I'd accidental-ly overheard during library time. She'd left Guate-mala with her cousins, who'd lost track of her, thus leaving her on her own in the middle of Mexico to make her way alone.

Finally, there was my so-called Angel's riddle, a note left inside of my book on UFOs and aliens. Ricky was asleep, snoring, so I switched on my bunk bed's light and rifled through my backpack as quiet-ly as I could. When I found it, I pulled out the note. I reread it: "Sometimes a mystery is nothing more than a puzzle; a puzzle is just a game; and some games are not worth playing. So don't play them."

Then came the moment, that magical moment of understanding, when all the pieces to the puzzle came together. This girl, Natalia, was none of the things the other kids were saying she was. She was, as a matter of fact, like the kids on the news lately, what reporters were calling Unaccompanied Minor Children, or UMCs for short. She had come to the United States illegally. Wow! That explained a lot!

For the next hour, I couldn't sleep due to making my monumental discovery. Eventually, I started feeling sleepy. The last thoughts in my smiling head were that tomorrow at school, I would do one last thing before I shared my conclusions with Bucho and the rest. I would verify the markings on the van. Likely from some center for the homeless, a shelter of some sort. I would gather everyone on the play-ground and step by step share my conclusion (minus any help from my so-called Angel, I should add). My last, last thought was that I would be prov-ing to Bucho, once and for all, that I was indeed a real detective, a gumshoe of the first order.

SIX

L IKE I HAD THOUGHT, the signage on the side of the van indicated it belonged to a local group that provided shelter to the less fortunate.

Just before the bell for class rang, I sauntered up to Bucho and a few others who were gathered at the far corner of the room. Most of them were rifling through the paperbacks on the shelf.

"So," I began.

Bucho was the first to turn to me. "So what?"

"Well, my friend," I said sarcastically, "a few days ago you accused me of not being a genuine private eye. I'll have you know that I'm ready to prove you wrong."

His arms crossed over his wide chest, he stepped up to me. "Are you, now?" he asked.

I crossed my arms also, but when I noticed that my chest was skinny compared to his, I let my arms drop to my sides, put my chin up nevertheless and said, "I most certainly am."

"And just how are you going to prove me wrong, as you say?"

"Well, if you care to find out, you'll have to join me on the playground during recess. Let's meet

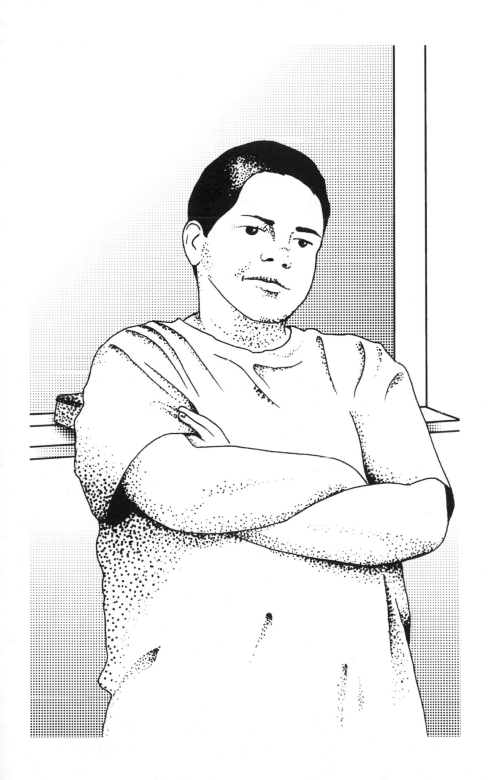

under the monkey bars where I will reveal the Piece to the Puzzle That Proves to Bucho I Am a Private Investigator Without Peer. Be there or be square," I said as I turned on my heel and coolly ambled away.

A bit later, the kid to my right passed me a note.

I had been wondering if my so-called Angel was going to try to get in touch again. He or she had been no help whatsoever this go-around, and this would be too little too late.

I opened the note and pressed it flat on my desk in front of me. I was eager to see if he or she had come to the same conclusion that I had, or would it be another silly riddle? You can imagine my shock when I read the following: "If you're going to tell us what I think you're going to tell us at recess about Natalia, don't. Leave her alone. Period. Or you'll have to deal with me behind the cafeteria after school. Just. Leave. Her. Alone. She's hurt plenty already. Yours truly, Bucho."

I couldn't believe it. Bucho had figured out who Natalia was, or at least I think he had. What was more unusual was that he was standing up for someone else instead of bullying her. The Bucho I knew would pester the quiet girl until she gave up the goods on herself. He would be relentless in his pursuit. In every sense of the word, he would hassle her until she 'fessed up about who she was and where she'd come from.

This was most peculiar.

But I wasn't about to let a threat of violence deter me. I had something to prove to him and to the others. I was the real article. I was detective extraordinaire. A PI not to be taken lightly. When I was on the case, I didn't rest until I had found out the skinny on a suspect, revealed whodunit or uncovered the final piece to the puzzle. I, too, could be relentless.

I would not be deterred.

And I would avoid the back of the cafeteria. Simple as that. I would make sure that when Bucho was in the vicinity, an adult was within hearing distance. I'd simply scream to get their attention and avoid a beating at his hands. If I knew Bucho like I knew I did, he'd eventually focus his tormenting attention on someone else.

I decided right then that I would share my monumental discovery with anyone and everyone who showed up on the playground. Though I secretly hoped that Bucho wouldn't. Just in case.

SEVEN

THE TEN MINUTES RIGHT BEFORE RECESS, Mrs. Garza asked us to pull out our silent reading books. "It's not every day you get a free ten minutes to sit back and enjoy the magic of reading, so let's take advantage."

I'd left off on a really exciting chapter about the discovery of honest-to-goodness aliens found at a crash site in Roswell, New Mexico, back in the fifties. There were pictures of a bug-eyed alien lying on a gurney, several doctors in masks and men in black suits standing around it. But no matter how badly I wanted to get back into it, I couldn't. Recess was coming up, and I had to plan my approach.

I wanted it to unfold like a scene out of a court-room drama. I would be the prosecuting attorney, pacing back and forth, my hands clasped behind me, a stern look on my face. I'd stop, turn to my jury of sorts, and point by point reveal that Natalia was not the daughter of drug dealers or Russian spies or a runaway circus freak. She was, instead (I could hear the dramatic music swelling in my head as I neared my revelation), an Unaccompanied Minor Child, among the hundreds, if not the thousands, of other

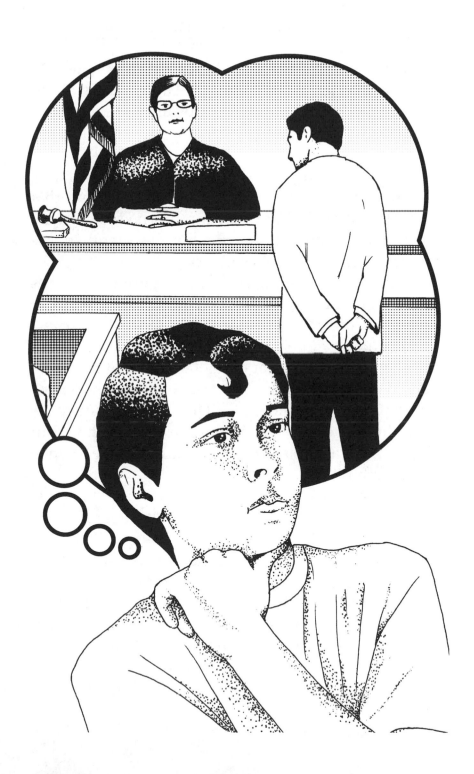

children just like her who'd escaped their homes to pursue a better life that only the United States could offer. I could imagine all the kids around me in rapt attention. They'd be captivated by my words, by my genius.

Someone coughed. I got back to my daydream. Then someone coughed a little bit louder, and that totally tore me from my dream. I turned to see who it had been, and it was Bucho. He mouthed the words "Leave. Her. Alone."

Ricky, in the back row, was reading, his eyes droopy, though. How was it that he was always so tired? He got plenty of sleep. Way more than I did.

I couldn't quite get back into my daydream, so I opened up my book, and a note fell out of it. I wondered how Bucho had gotten into my backpack to leave this second note. He was so clumsy he couldn't have done it without me noticing him. But here it was, a note folded up, waiting for me to open it and read it.

This one read, "No riddles this time. This mystery is bigger than you. Just. Leave. It. Alone. It's not a game. Angel!!!"

What? It wasn't from Bucho. It was from my so-called Angel, and he or she was telling me to drop it. But how could I? I was on the verge of something big. Way bigger than me, I agreed. So big, in fact, that I had to share it with the world. Or at least with the kids on the playground. But still.

I looked up at the clock. We had three minutes until recess.

EIGHT

THE BELL RANG, and we lined up at the door like we always did. We waited for Mrs. Garza to dismiss us, which she did. I looked back in her direction just as I was turning left to head out of her classroom, and I got a snippet of an image. It was of Mrs. Garza, her arm wrapped around Natalia, who was in tears. It looked like she would not be joining us again.

Needless to say, it was the longest walk out to the playground, where the kids had already gathered under the monkey bars.

I took it slow, because I couldn't shake the image of Natalia weeping. How could she be so sad? And would my revelation help make her happier or make her sadder? I wondered. Sadder, most likely.

Just then, Bucho grabbed me by the elbow. I stopped. He didn't let go of me, but I noticed he softened his hold on me. In his eyes there was a look I had never seen, like he was begging me. A look of sadness, much like the look Natalia had given me the day before, which I now realized wasn't a mean glare but sadness. He whispered to me, "Please, Mickey, don't." His voice quivered. Who was this boy? "Don't,

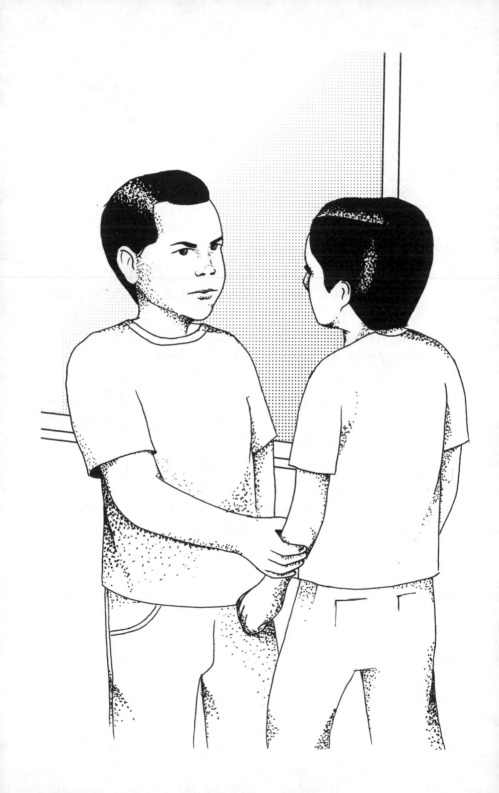

okay?" He released my elbow and walked in the direction away from the monkey bars.

$$\bigcirc\bigcirc\bigcirc$$

In the end, I didn't tell my classmates gathered under the monkey bars who Natalia was. For once, I had to agree with my so-called Angel, and, interestingly enough, with Bucho. Natalia had suffered so much already, and obviously enough, from her talks with Mrs. Garza, was still suffering. To be honest, the suffering wasn't going to stop any time soon.

And though I knew almost next to nothing about her except what I was able to piece together, I did know this about this girl who appeared one day out of thin air: that she was a girl like I was a boy. In other words, she was still a kid. And how sad that already so much of her childhood had been spent in this sort of pain. And who was I to make it harder on her? Just another kid, that's who. I wasn't the great Mickey Rangel, Private Detective, the one who had uncovered the truth about her identity. I was a kid who had no business making another kid feel even worse than she already did.

So instead, I told those gathered on the playground that I felt strongly I had discovered who she was. They were spellbound. I told them that just last week I had read a report on alien abductions.

Before I even got the chance to accuse Natalia of having been abducted by the grays and returned to earth recently, they told me all kinds of things, like, "Mickey, you're crazy, plain crazy coming up with stories like that." And "Is that all you got?" And "I gave up how many minutes of recess for silliness like that?!" And "Mickey, trying to pass off fibs like that as truth—it's just not right." And "You shouldn't be spreading gossip like that. People could get hurt, you know?" And "Aliens should come and abduct you." And "I'm with Bucho, you're no detective, no matter what your ID says."

I wouldn't go quite that far, but I saw where they were coming from. Rumors, no matter who spreads them or for what reason, are plain wrong. And though I had done just that, well, exposing the truth about Natalia would've been worse than spreading a rumor about aliens abducting her.

On final analysis, it was the right thing to do in this case, no matter that I didn't get to put Bucho in his place. As a matter of fact, he put me in mine, and sometimes, that's okay, too.

In class, later, Mrs. Garza asked if I had made any headway on my case. I nodded. "More than you'll ever know," I said.

I found a note on top of my desk. It was signed by Bucho: "Mickey, you're still no good at being a detective, but on this case, you did the right thing, so thanks." Right beside it, squeezed in really tight and in red ink, this other note: "Yeah, this" (with an arrow pointing at Bucho's note). Signed, "Your so-called Angel." Just like him or her to find a way to sneak me a note.

I couldn't help but smile. I turned to look over at Bucho, but he was staring out the window. I then thought to look over at Natalia, but I decided not to. I didn't need to.

NINE

ONE DAY SOON AFTER, as suddenly as she had first arrived, the girl wearing the tattered blue dress with the lace collar, the worn and faded hair bow and the scraped-up brown shoes disappeared.

Some time passed: Days? Weeks? Months? I can't remember. But it passed. What didn't fade was my memory of her. She had come from some town, though I'm not exactly sure where, in Guatemala. An important place to her, though. She had left family behind, I'm sure of it. She had traveled such a long and hard way already. And I was certain that her journey was not over yet.

Thinking about her and my silly attempt to discover her identity, I hoped for two things: one, that she would one day get to the place where she might eventually begin to smile again; and two, that she understood I was sorry for having hurt her like I did.

Sometimes some mysteries are best left unsolved.

ALSO BY RENÉ SALDAÑA, JR.

*The Case of the Pen Gone Missing /
El caso de la pluma perdida*

Dale, dale, dale / Hit It, Hit It, Hit It

*Dancing with the Devil and Other Tales from Beyond /
Bailando con el diablo y otros cuentos del más allá*

A Good Long Way

The Lemon Tree Caper / La intriga del limonero

*The Mystery of the Mischievous Marker /
El misterio del malvado marcador*

UN MISTERIO MÁS GRANDE QUE GRANDÍSIMO

COLECCIÓN MICKEY RANGEL, DETECTIVE PRIVADO

POR RENÉ SALDAÑA, JR.

TRADUCCIÓN AL ESPAÑOL DE CAROLINA VILLARROEL

PIÑATA BOOKS
ARTE PÚBLICO PRESS
HOUSTON, TEXAS

La publicación de *Un misterio más grande que grandísimo: Colección Mickey Rangel, Detective Privado* ha sido subvencionada por la Ciudad de Houston por medio del Houston Arts Alliance. Les agradecemos su apoyo.

¡Piñata Books están llenos de sorpresas!

Piñata Books
An imprint of
Arte Público Press
University of Houston
4902 Gulf Fwy, Bldg 19, Rm 100
Houston, Texas 77204-2004

Diseño de la portada y ilustraciones de Mora Des!gn Group

Library of Congress Cataloging-in-Publication Data disponible.

∞ El papel utilizado en esta publicación cumple con los requisitos del American National Standard for Information Sciences—Permanence of Paper for Printed Library Materials, ANSI Z39.48-1984.

Impreso en los Estados Unidos de América
mayo 2016–junio 2016
Versa Press Inc., East Peoria, IL
10 9 8 7 6 5 4 3 2 1

para mis hermanitos que continúan en sus odiseas
  —oraciones . . .
para Bill Broz, un querido amigo que ya no está . . .
para la Ciudad de Houston y el Houston Arts Alliance . . .
para Tina, mi corazón, siempre . . .

UNO

LOS RUMORES SOBRE LA NIÑA NUEVA en la escuela han volado estos últimos días. Llegó el miércoles pasado a la mitad del almuerzo. No es novedad que los almuerzos de la escuela no son los mejores, pero esta chica se lo comió tan rápido que por un segundo pensé si no le habrían dado algo diferente a lo que yo tenía. Cuando terminó, se quedó sentada en silencio mientras nosotros terminábamos, después nos formamos y regresamos a la clase de inglés. La Sra. Garza caminó a su lado, con su brazo rodeando los delgados hombros de la chica. Cuando llegamos al salón, cada uno se sentó en su silla y la Sra. Garza apuntó a un puesto cerca del frente del salón, a mi izquierda. La chica juntó sus manos frente a ella y las puso sobre el escritorio, sin sacarles la vista de encima. Hubo algunos momentos en los que estuvo tan quieta que llegué a olvidar que estaba ahí. Sin querer miraba hacia mi izquierda y ella aparecía. Hasta que volvía a desaparecer. Así estuve hasta que la Sra. Garza la presentó.

Su nombre era Natalia. —Ahora —dijo la Sra. Garza— saluden a nuestra nueva amiga. —La saludamos todos al mismo tiempo. Ella nunca levan-

tó la vista, nunca dijo hola. No se sonrojó ni sonrió. Así es como comenzaron los rumores.

Después de la escuela, Bucho dijo, como sólo Bucho puede hacerlo —Está escondiendo algo, por eso mantiene la boca cerrada. —¿Y qué es lo que según él escondía? Su padre era un jefe de cartel de drogas en México y él y la madre de la chica habían sido asesinados en una mala transacción. Y lo que es peor: la chica se había trasladado al Sur de Texas desde algún lugar del "Viejo México" porque había visto demasiado. Había logrado escapar viva y ahora era testigo. Si no, habría sufrido en las manos de la banda asesina. —Estos tipos viven por un código: Si un testigo está muerto, no puede hablar —dijo. Y aún peor: la chica *había* testificado contra gente muy mala y estaba bajo protección del estado y así siguió y siguió. Una ya estrambótica historia volviéndose más y más disparatada. Pero eso era típico de Bucho, mi archienemigo desde que estábamos en pañales. Hay una foto de los dos en la fiesta de cumpleaños de un chico vecino. Estábamos literalmente en pañales. Ricky, mi hermano gemelo, estaba en los brazos de mi mamá, dormido, como siempre. Yo estaba sentado en la caja de arena, de espaldas a Bucho. Yo no lo sabía, pero sus puños estaban llenos de arena y cuando se tomó la foto, estaba a punto de echar ambos puñados sobre mi cabeza. Una vez peleonero, siempre peleonero.

Hoy, tampoco le gustó que le dijeran que sus ideas eran tontas. Así que cuando le dije que sus historias eran sólo cuentos, fiel a su costumbre, se agachó para encararme, gruñó una amenaza y me dio

un cabezazo. Como si eso hiciera que de repente tuviera la razón.

Otro de los rumores era que los padres de la chica eran espías rusos que habían sido sorprendidos haciendo lo que hacen los espías. Los padres terminaron en una cárcel en Siberia, y Natalia (nombre que, interesantemente, suena muy ruso) corrió por su vida, huyendo de Rusia por un pelo. Nada de esto, por supuesto, explicaba el por qué ella no lucía rusa o por qué hablaba perfecto español, las veces que la escuché hablar.

Las historias crecieron, una tras otra, cada una más increíble que la anterior. Imagina la historia más rara que puedas sobre una chica que se había fugado de un circo, a una que se había escapado de un asilo y una donde era la única sobreviviente de un accidente de avión, dejándola totalmente sola. Sorprendentemente, lo que no se mencionó, fue la teoría que a mí me parecía la más interesante: una abducción extraterrestre y su eventual retorno después de algunos experimentos de los pequeños hombres grises. Hace poco empecé a leer sobre ovnis y extraterrestres.

Pero, cada uno de esos rumores era falso. Cualquier persona con medio cerebro podría notar la diferencia entre lo verdadero y una montaña de frijoles. Hasta ahora, todo lo que he escuchado son montañas y montañas de mentiras y no me daba pena decírselo a la misma gente que empezaba estos rumores.

—Bueno —dijo Bucho un día durante el recreo— si nuestras historias son tan increíbles, ¿por qué no nos dices cuál es tu teoría?

En ese momento no tenía ni siquiera una posibilidad de teoría aparte de la abducción alienígena que
era ya medio excéntrica. No tenía nada. Había estado muy ocupado disipando las teorías locas y falsas
de todos los demás.

—¿Y? —preguntó Bucho—. ¿Nos vas a decir o
no?

Como no respondí, agregó —Lo sabía. El gran
Mickey Rangel, Detective Privado, es un farsante.

Eso me hizo enojar. Yo no era un farsante. Yo era
un detective de verdad. Tenía una identificación en
mi cartera para probarlo. En casa, colgado en la
pared de mi cuarto, estaba el certificado que había
impreso cuando completé mis cursos de detective en
línea. Resolví muchos misterios en mi época, algunos, de hecho, bien complicados. Así que para poner
a Bucho en su lugar, giré hacia él, lo miré a los ojos y
dije —Nada de farsante, Bucho. Sólo sé que no se
pueden sacar conclusiones tontas de buenas a pri-
meras como lo haces tú. Te probaré que estás equivocado y terminarás como un tonto, como siempre.

Me mostró los dientes y avanzó hacia mí. No me
moví. —Te diré algo más: Resolveré "El secreto de la
chica silenciosa".

—Ya veremos —dijo Bucho—. En primer lugar,
qué nombre más soso para el caso. En segundo,
como ya dije, pienso que eres un farsante, falso por
todos lados. Tercero, . . . —dijo, levantando tres
dedos.

Todos nos quedamos en silencio esperando a que
terminara. No lo hizo. No podía. Estaba batallando
para encontrar algo más que decir, así que lo intentó

otra vez —Sí, tercero . . . , —pero no se le ocurrió nada. Y sonó la campana.

Mientras volteaba para irme, me devolví una vez más y dije —No hay por qué preocuparse, Mickey Rangel ha tomado el caso.

BUCHO SÍ TENÍA RAZÓN EN ALGO; necesitaba cambiar el nombre de mi caso por algo más llamativo. "El secreto de la chica silenciosa" no sonaba del todo bien. Le faltaba ese *je ne sais quoi*, lo que sea que significara eso en latín. Le faltaba fuerza. Así que eso era lo primero en mi lista. Entonces pondré manos a la obra, a descubrir de dónde provenía esta chica y qué ocultaba, si es que algo ocultaba.

En casa, busqué en línea los títulos de los misterios de Hardy Boys y Nancy Drew para sacar ideas. En su mayoría estos incluían las palabras *secreto*, *misterio* o *pista*. Pero no encontré nada que me sirviera. Así que saqué mi Cuaderno de Detective para tomar notas de algunos títulos originales para el misterio que debía resolver. Escribí bastantes: *El misterio de la chica aparecida*; *El secreto de la chica que apareció de repente, al parecer, de la nada*; *La pista de la chica silenciosa*; *El misterio de la chica de nombre ruso, pero que sólo hablaba español*. Este ejercicio no me llevó a nada tampoco. Al final, había inventado como cincuenta títulos posibles, ninguno de los cuales servían, y había gastado tres páginas en

mi cuaderno y 45 minutos de tiempo que podía haber usado de mejor manera.

Más tarde, vi las noticias de las 6 con mi papá. Un reporte hablaba de los innumerables niños que estaban llegando diariamente desde Centro América. "A menudo", dijo el reportero, "estos son llamados 'Menores sin compañía', lo que significa, que salen de sus hogares solos, sin padres o hermanos mayores que los cuiden, y llegan—si es que llegan—por sí solos".

—¿*Si es que llegan?* —le pregunté a papá.

Mi papá movió la cabeza de lado a lado no sé si por las noticias, mi pregunta o ambas. —Es tan desesperados, m'ijo —dijo.

Antes de que pudiera preguntar qué quería decir, se paró y caminó hacia la cocina. Me quedé viendo las noticias, cambiando los canales para ver si otros reporteros de alguna manera me explicaban por qué niños dejarían a sus familias para venir a Estados Unidos. No podía entender. Yo nunca dejaría a mi familia así. Y puedo asegurar que mis papás nunca me dejarían irme. Me quieren demasiado. Así es que, ¿qué quiso decir papá con "están desesperados"? ¿Qué niños estaban tan carentes de amor, tan desamparados, que cientos, si no miles de ellos decidían dejar sus casas y hogares e irse a una tierra extraña? Eran, después de todo, países del Tercer Mundo los que estos niños estaban dejando atrás. Tenía sentido (aunque a la vez no lo tenía) que los padres en estos países fueran diferentes a los padres en Estados Unidos. No quería pensar en eso, pero no podía evitarlo. ¿Podrían querer a sus hijos menos de lo que mis padres nos querían a mí y a Ricky? ¿Podrían ser tan

fríos que no les importaría si sus hijos se iban un día cualquiera?

Intenté ponerme en la situación de los niños. ¿Qué si mis padres no me quisieran? ¿Qué si a ellos nos les importara que fuera o no parte de la familia? ¿Qué si no les interesara si yo un día simplemente desapareciera? ¿Podría, entonces, abandonar a mi familia?

Por más que intentaba, no lograba entenderlo. Así que mejor lo dejé así. Saqué mi Cuaderno de Detective y tracé mi plan para resolver "El misterio de . . . ", "El secreto de . . .", "La pista de. . . . " No, no y no. No tenía nada. Ni siquiera tenía un plan de ataque. Quizás Bucho tenía razón. Quizás no era un detective. Quizás era sólo un chico en quinto grado que había impreso un certificado de algún lugar en línea que los entregaba a cualquiera, junto con certificaciones en tejido de canastos bajo el agua, observadores del zacate que crece y atornilladores de bombillas de la luz.

Me daba pena de mí mismo. Quiero decir, si no era un verdadero investigador privado entonces no importaba ninguno de los otros casos que había resuelto. Resolverlos había sido pura suerte.

Esa noche, no dormí nada. Primero que todo, tenía que figurar si quería seguir siendo un detective privado; y si sí, ¿quería ser uno bueno o uno más o menos?; y, por último, . . . ¿por último? No podía pensar en nada más que fuera urgente. No pegué un ojo pensando en esas dos cosas.

AL DÍA SIGUIENTE, en la escuela, la gente debe haberme confundido con mi hermano gemelo, Ricky, porque era yo el que se estaba quedando dormido en clases.

—Este no eres tú, Mickey —dijo la Sra. Garza—. ¿Hay algún problema?

—Sólo tuve una larga noche. Tratando de resolver algo —contesté.

—Oh, ¿estás trabajando en un caso nuevo? —preguntó.

—No, la verdad no. —Entonces vi a Natalia entrando al salón—. A decir verdad, sí.

—¿Algo interesante?

—Hmmm, no tan interesante. Sólo un asunto cotidiano —dije.

—Bien, mantenme al tanto.

—Por supuesto, Sra. Garza —dije y me senté derechito en mi asiento esperando a que eso me ayudara a mantenerme despierto.

—Recuerda, Mickey: ojos abiertos y una mente abierta significan un mundo de posibilidades.

—Sí, señora. —A veces, cuando la Sra. Garza decía cosas como esa podría jurar que ella era mi

supuesto Ángel, o la que había creado mis clases de detective en línea porque siempre incluían pequeñas frases pegajosas como esa para ayudarnos en nuestro trabajo de detectives.

Hizo callar a la clase y nos dijo que iba a leer un libro en voz alta. Algunos de nosotros nos quejamos, otros chillaron porque éramos estudiantes de quinto grado, después de todo, y que nos leyeran era una cosa para niños pequeños, y nosotros ya estábamos grandes.

Secretamente, yo disfrutaba cuando nos leía. Podía relajarme, escuchar y ver la historia de una manera diferente que cuando yo la tenía que leer por mí mismo en silencio y figurar cuál era el propósito del autor, o señalar el tema, o sustentar mi opinión de la historia como lector citando líneas específicas de los libros, lo que hacía que no disfrutara mucho de la lectura. De esta manera, no había que pensar profundamente sobre una historia. Simplemente escuchaba e imaginaba la magia del libro. No me importaba si la lectura en voz alta era para bebés, siempre esperaba estos momentos. Además, la Sra. Garza era una brillante lectora en voz alta. Usaba diferentes voces para cada personaje, casi nunca paraba la lectura para hacernos preguntas sobre lo que había leído para asegurarse de que estábamos escuchando y hasta actuaba algunas partes.

—El libro de hoy —dijo— es un libro titulado *Mis zapatos y yo* y fue escrito por René Colato Laínez—. Es la historia de un niño que atesora sus zapatos nuevos porque, en primer lugar, se los regaló su mamá; y en segundo lugar, ama sus zapatos por el

viaje en el que lo llevan. Es una historia sobre inmigración. ¿Puede alguien decirme lo que sabe sobre la inmigración?

Yo sabía bastante. Es lo que había visto en las noticias la noche anterior. Iba a levantar la mano para señalar que quería hacer una conexión. Le diría que significa dejar un lugar para mudarse a otro, y en algunos casos, los inmigrantes dejan a sus familias y sus hogares, pero lo que no entendía aún era ¿por qué dejaban la seguridad de sus hogares para embarcarse en viajes tan difíciles en primer lugar? ¿Y por qué padres dejan ir a sus hijos solos, o por qué mamás viajan cruzando países con sus pequeños hijos para llegar a Estados Unidos, poniéndolos en peligro como decía el reportero en las noticias sobre algunos de ellos? Incluso dijo que algunos arriesgaban morir con tal de llegar aquí. Eso era algo que tampoco entendía y sabía que sería un buen tema de discusión, como le gustaban a la Sra. Garza. La súper impresionaría.

Pero antes de que viera mi mano levantada, vio la de Bucho, así que le dio la palabra a él. No esperaba mucho de él, al menos no las preguntas profundas que yo pretendía hacer. Pero hasta yo me sorprendí con su contribución.

Dijo —Un inmigrante es una persona que deja atrás todo lo que atesora para dirigirse a un lugar extraño, porque a pesar de que estás dejando atrás lo más importante, como la familia, la casa donde naciste y en la que te criaste, tu escuela, tu iglesia, básicamente lo único que conoces. Sabes dentro de ti, que hacia donde te diriges es el lugar de tus sue-

ños. Tampoco tienen que ser grandes sueños. Un ejemplo puede ser asegurarte de que tus hijos, que no han nacido aún, tendrán la oportunidad de una vida mejor de la que tendrían si te hubieras quedado en tu país.

Estaba perplejo, principalmente porque, *¡quién lo hubiera dicho!* Digo, ¿quién hubiera dicho que Bucho, el peleonero más grande de todo el mundo podría pensar algo tan intenso y . . . y . . . hermoso? ¿Era esa la palabra que estaba buscando? Sí, era esa. Creo que todos, incluyendo a la Sra. Garza, pensaron lo mismo que yo porque todos se quedaron completamente callados. Todos lo miraban como si fuera un hombre sabio en la cima de una montaña diciéndonos los secretos del mundo.

Entonces la Sra. Garza dijo —¿Sabes qué, Bucho?, tienes toda la razón. —No lo dijo toda emocionada. No saltó de su silla como generalmente lo hace cuando uno de nosotros da la respuesta correcta a una pregunta difícil. No le pidió a la clase que hicieran un chasquido feliz con sus dedos por su respuesta. No le dijo que besara su cerebro por su inteligencia. En cambio, había susurrado. Pero la clase había estado tan silenciosa que todos la escuchamos de todas formas.

Bucho asintió brevemente, susurró de vuelta —Gracias —y luego nos dijo— a decir verdad, esa es la historia de mi abuelo. Él vino de México hace mucho tiempo. Era sólo un niño, tenía alrededor de 15 o 16. Dice que vino aquí a trabajar, a empezar una nueva vida. Él no se imaginaba en ese entonces que iba a conocer a mi abuela más tarde ese año en Peñi-

tas, mucho menos que pronto se casarían, ni mucho menos que años y años más tarde nacería yo de su hijo mayor, pero no te lo imaginarías por la manera en que lo cuenta. Él dice que sabía que un día yo nacería, junto a todos sus otros nietos y que él quería que todos tuviéramos una buena educación, después buenos trabajos, que encontráramos a nuestras parejas perfectas como él lo había hecho y comenzáramos nuestras propias familias y mantuviéramos el sueño vivo. De la forma en que lo cuenta, hizo lo que hizo por nuestros hijos y por los hijos de nuestros hijos. ¿Qué loco, verdad? Digo, yo sólo soy un chico. Nunca me voy a casar, lo que significa que nunca trendé hijos. ¿Qué es lo que él sabe que yo no sé? A veces pienso que el abuelo está un poquito loco.

—Lejos de estarlo, Bucho. Porque si estuviera loco, también lo está mi papá quien también vino así, con las mismas aspiraciones —dijo la Sra. Garza.

Por alguna razón miré hacia Natalia y ella había puesto su cabeza en el escritorio, su rostro estaba escondido entre sus brazos cruzados. Me pregunté, *¿Está durmiendo?* Ella y Ricky eran como dos gotas de agua.

Finalmente, después de unos incómodos momentos de silencio, la Sra. Garza nos leyó el libro, que como dije antes, generalmente nos enojaría, pero creo que todos estábamos aún impresionados con la historia de Bucho, así es que o no nos dimos cuenta o no nos importó en ese momento. A la mitad del libro, aún no entendía por qué alguien elegiría dejar atrás todo lo que conocía por algo desconocido. La verdad, no podía entenderlo.

Al final de la historia, el chico y su padre están cruzando hacia Estados Unidos nadando a través de un río corrientoso. El chico se había asegurado de cuidar sus zapatos atándolos juntos por los cordones, pero la corriente se lleva los zapatos y el chico los pierde. Logra atrapar uno, pero el otro se va. Desconsolado, busca río abajo el zapato y lo encuentra atrapado en una rama. Afortunadamente logra recuperarlo. Al otro lado del río, el chico y su padre se reúnen con su madre y se abrazan. Sus zapatos han visto mejores días, pero aún los tiene, y son prueba de su largo y difícil viaje.

A mi lado, Natalia seguía con la cabeza enterrada en sus brazos cruzados, casi como si estuviera contando en las escondidas. Y creo que la escuché llorar. Puedo haberme equivocado, pero no era así. Estaba llorando. Me pregunté ¿qué onda? Es decir, la historia era triste, pero eran sólo zapatos. Una vez que llegara a Estados Unidos podría comprar otro par. Sin pensarlo, miré los zapatos de Natalia. Ella estaba metiendo los pies debajo del escritorio lo más que podía. Eran de un café gastado y los cordones estaban raídos en las puntas. De pronto levantó la cabeza y me sorprendió mirando. Miré hacia otro lado, avergonzado. Más que nada, por ella y sus zapatos. Y ahora que lo pienso, toda su ropa estaba como desgastada, hasta el lazo que usaba en la cabeza. Miré a hurtadillas otra vez y ella me estaba mirando fijamente. Era una mirada con tanto enojo que tuve que mirar hacia otro lado. Esta vez definitivamente.

En ese preciso momento decidí averiguar su historia. Ella era aún un enigma para mí. Casi no hablaba.

Las pocas veces que la había escuchado hablar era en español. No se metía con nadie. Me había fijado que por las mañanas la pasaba a dejar una mujer mayor de brillante pelo naranjo. No le daba abrazo de despedida, ni siquiera un adiós con la mano. Lo extraño era que la mujer la hacía bajarse del van y en tanto Natalia se bajaba la mujer ya estaba yéndose. Por la tardes, era otra mujer la que usualmente la recogía. Otra vez, ni saludo, ni sonrisa. Ni siquiera un intercambio de palabras, que yo haya notado.

Durante el almuerzo se sentaba sola. Comía rápido, como si la comida fuera a desparecer. Era tan delgada que me preguntaba ¿adónde se iría toda la comida?. No era la comida más sabrosa tampoco, pero a ella parecía no importarle.

En clases, cuando no estaba enterrando su cabeza en el doblez de su brazo, se sentaba muy derecha, mirando atentamente hacia adelante y se mantenía en silencio casi todo el tiempo. Nunca levantaba la mano para contestar algo. ¿Quién hacía eso?

Había algo muy extraño acerca de ella. Así es que comencé a estudiarla.

Guatemala

CUATRO

HABÍA AGOTADO TODAS LAS POSIBILIDADES tratando de descubrir quién era Natalia, de dónde venía, cuál era su ángulo. A cada vuelta, parecía que chocaba de frente con una muralla.

Finalmente, tuve una oportunidad.

Había olvidado mi libro de la biblioteca en mi armario, así es que volví al salón. La puerta estaba abierta y escuché la voz suave de la Sra. Garza que venía desde adentro. Estaba hablando español.

Paré antes de llegar a la puerta y me quedé escuchando. Sabía que no debía estar escuchando, pero "una vez detective, siempre detective", me dije a mí mismo. Tenía curiosidad por saber a quién le hablaba.

Escuché a la Sra. Garza decir —M'ija, todo va a estar bien. Estoy segura de que tu madre, si estuviera aquí, te diría que siguieras siendo fuerte. Que siguieras adelante, a pesar de tu situación. Estoy segura de que estaría muy orgullosa de ti por haber llegado a donde estás ahora.

—Pero, maestra, lo he perdido todo.

Era Natalia. Mis oídos se agudizaron.

Continuó: —Cuando me fui de Guatemala, salí con dos primos. Los perdí en algún lugar de México

o ellos me perdieron a mí. Las cosas eran tan confusas. Todo estaba sucediendo tan rápido. En un momento estaban ahí y luego ya no estaban. Y me quedé sola. Los esperé y esperé. Sabía que cuando se dieran cuenta de que no estaba con ellos volverían por mí. Pero pasaron dos días. Nunca volvieron por mí. Entonces supe que estaba sola.

Interesante, pensé. *Ciertamente muy interesante*. Estaba bajo la pista de algo grande. Pronto resolvería este pequeño rompecabezas.

De pronto, de algún lugar detrás de mí, alguien me llamó —¡Mickey!

Me asusté, me dio miedo de que la Sra. Garza me descubriera, así que corrí y me escondí. Encontré un lugar seguro detrás de una fuente de agua justo a tiempo. La Sra. Garza debió haber escuchado cuando gritaron mi nombre, así que vino a la puerta, miró hacia el corredor, miró hacia abajo, luego cerró la puerta detrás de ella. No me había visto, aunque yo la había visto a ella.

Ahora, ¿Quién había gritado mi nombre? No tenía idea. No había un alma ahí. En ninguna parte.

Volví a la biblioteca sin mi libro, pero tenía tantas ganas de sacar otro libro sobre OVNIS. Había dejado el libro detrás del mesón con la bibliotecaria y por más que le rogara no me dejaría sacar otro libro sin devolver el anterior. Entonces apelé a los sentimientos. Ningún bibliotecario vivo podría resistirlo.

—Está bien, supongo. Pero eso significa que no tendré nada que leer esta noche. Tenía tantas ganas de leer ese libro sólo por puro gusto. Pero no. Tendré

que sufrir las consecuencias de mi propio olvido. Gracias de todas formas, señora.

Luego, para efecto dramático, giré lentamente, con la barbilla en mi pecho. ¿Y adivinen qué? Funcionó.

—Está bien, está bien, Mickey, pero esta es la última vez. Si no devuelves tus libros a tiempo no podrás sacar ningún otro libro. Te lo digo en serio.

—Oh, gracias, gracias, gracias —dije, y lo decía de verdad. De verdad quería leer sobre extraterrestres del espacio.

Abrí el libro durante la hora de leer en silencio, y de él cayó un pedazo de papel. Algo se retorció en mi estómago. No había oído de mi supuesto Ángel en mucho tiempo. Y aunque la posibilidad de que éste fuera uno de sus acertijos era remota, pues la bibliotecaria había sido la única con acceso detrás del mesón, bueno, conociendo a mi ángel, muy bien podría ser él o ella. También podría ser un marcador de libro que había dejado el lector anterior. O no.

Lo desdoblé lentamente, temiendo lo que encontraría. Y como era de esperar, era una nota dirigida a mí. Miré alrededor del salón para ver si veía a alguien con cara de culpable. Ricky, como siempre, se estaba quedando dormido, su cabeza descansaba en sus brazos cruzados, bostezando. Nadie más lucía fuera de lo común. Todos tenían sus narices metidas en sus libros. Todos, es decir, excepto por Natalia, quién no había ido a la biblioteca porque había estado aquí hablando con la Sra. Garza.

Y recién me había dado cuenta de que ella no estaba en su asiento. Así que miré ahora detenida-

mente alrededor del salón. No estaba por ninguna parte. *¿Dónde puede haber ido?* Me pregunté.

Volví a la nota de mi supuesto Ángel. En letras grandes y de bloque decía — A veces un misterio no es nada más que un puzzle; un puzzle es sólo un juego; y algunos juegos no valen la pena jugarlos. Así es que no los juegues.

Este era, quizás, el acertijo más difícil que mi supuesto Ángel me había enviado para intentar ayudarme a resolver un misterio. No es que necesitara la ayuda. Normalmente, los acertijos me distraían del misterio por resolver. Pero eran divertidos.

En este caso, no sabía por dónde empezar a resolverlo. Lo que sí sabía era que en el momento en que resolviera el acertijo podría enfocar 100 por ciento de mi atención en solucionar quién era Natalia. Y lo que era más importante, le probaría a Bucho que yo era un detective de verdad. Muy pronto lo haría tragarse sus palabras.

CINCO

ESA TARDE EN CASA, me recosté en mi cama pensando en lo que tenía hasta ahora sobre esa niña callada.

Primero, un montón de rumores lanzados por gente como Bucho, quien había escuchado de alguien que había escuchado a alguien más que conocía a un tipo (pero cuyos nombres Bucho no podía divulgar porque entonces podrían venir tras él) que sabía que el papá de Natalia era uno de los cabecillas de un cartel que había sido liquidado, etcétera, etcétera. Había otros rumores que circulaban, aunque ya no tanto como cuando ella había llegado.

En segundo lugar, el incidente de la lectura en voz alta y los zapatos. Parecía como si Natalia hubiera querido desaparecer, empezando por sus zapatos, escondiéndolos lo más al fondo de su escritorio como fuera posible. Y luego, la mirada que me dio. No debería haber sido tan mala considerando que yo sólo estaba estudiándola para mi caso, recolectando pistas para descubrir lo que ella se rehusaba a decirnos.

En tercer lugar, las señoras que la pasaban a dejar, quienes yo había pensado eran su madre y/o sus

tías, no eran su madre o tías. Recuerdo su frialdad y no tenía sentido si hubieran sido parientes de Natalia. Quiero decir, incluso una tía o una prima le sonreiría y la abrazaría para despedirse por las mañanas, y le darían una sonrisa y un abrazo para saludarla en las tardes cuando la recogieran. Pero ella no recibía nada. Natalia se bajaba y más tarde subía a una van, se ponía el cinturón y se iban. No había puesto atención a los letreros al costado de la van, pero me fijaría mañana por la mañana. No lo había pensado. Pero puede que tengan relevancia para el caso sobre quién era esta chica y de dónde venía. Al mismo tiempo, pondría a Bucho en su lugar.

Cuarto, también estaba la conversación que accidentalmente había escuchado durante la hora de la biblioteca. Ella había salido de Guatemala con sus primos, quienes la habían perdido de vista, dejándola en medio de México. Ella tuvo que seguir su camino sola.

Finalmente, estaba el acertijo de mi supuesto Ángel, una nota dejada dentro de mi libro de OVNIS y extraterrestres. Ricky estaba roncando, así que prendí la luz de mi litera y busqué en mi mochila lo más silenciosamente que pude. Saqué la nota cuando la encontré. La releí: "A veces un misterio no es más que un puzzle; un puzzle es sólo un juego; y algunos juegos no valen la pena jugarlos. Así es que no los juegues".

Entonces llegó el momento, ese momento mágico de iluminación, cuando todas las piezas del puzzle se juntaban. Esa chica, Natalia, no era nada de las

otras cosas que los chicos decían. De hecho, ella era como los chicos que aparecían en las noticias últimamente, lo que los reporteros llamaban Menores sin compañía, o UMCs por sus siglas en inglés. Ella había venido a Estados Unidos sin documentos. ¡Híjole! ¡Eso explicaba mucho!

No pude dormir la siguiente hora debido a mi monumental descubrimiento. Eventualmente, me empezó a dar sueño. Los últimos pensamientos en mi feliz cabeza fueron que mañana en la escuela haría una cosa más antes de compartir mis conclusiones con Bucho y el resto: Verificaría los letreros en la van. Probablemente eran de algún centro para las personas sin hogar, algún tipo de albergue. Juntaría a todos en el patio de juegos y paso a paso compartiría mi conclusión (excepto, debería agregar, cualquier ayuda de mi supuesto Ángel). Mi último pensamiento fue que probaría a Bucho, de una vez por todas, que era, ciertamente, un detective de verdad, un detective privado de primera categoría.

COMO LO HABÍA PENSADO, el letrero al costado de la van indicaba que pertenecía a un grupo local que proveía albergue a los menos afortunados.

Justo antes de que sonara la campana para entrar a clases, me acerqué lentamente a Bucho y a los otros compañeros que estaban reunidos en la esquina extrema del salón. La mayoría revisaba los libros en el estante.

—Pues —comencé.

Bucho fue el primero en mirarme. —Pues ¿qué?

—Bueno, amigo —dije sarcásticamente— hace unos días me acusaste de no ser un detective privado de verdad. Estoy listo para probarte lo equivocado que estás.

Se me acercó con los brazos cruzados sobre su amplio pecho. —¿A sí? —preguntó.

También crucé mis brazos, pero cuando me di cuenta de que mi pecho era delgado comparado con el de él, dejé caer mis brazos a mis costados, levanté mi barbilla y dije —Por supuesto que lo haré.

—¿Y exactamente cómo piensas probar que estoy equivocado?

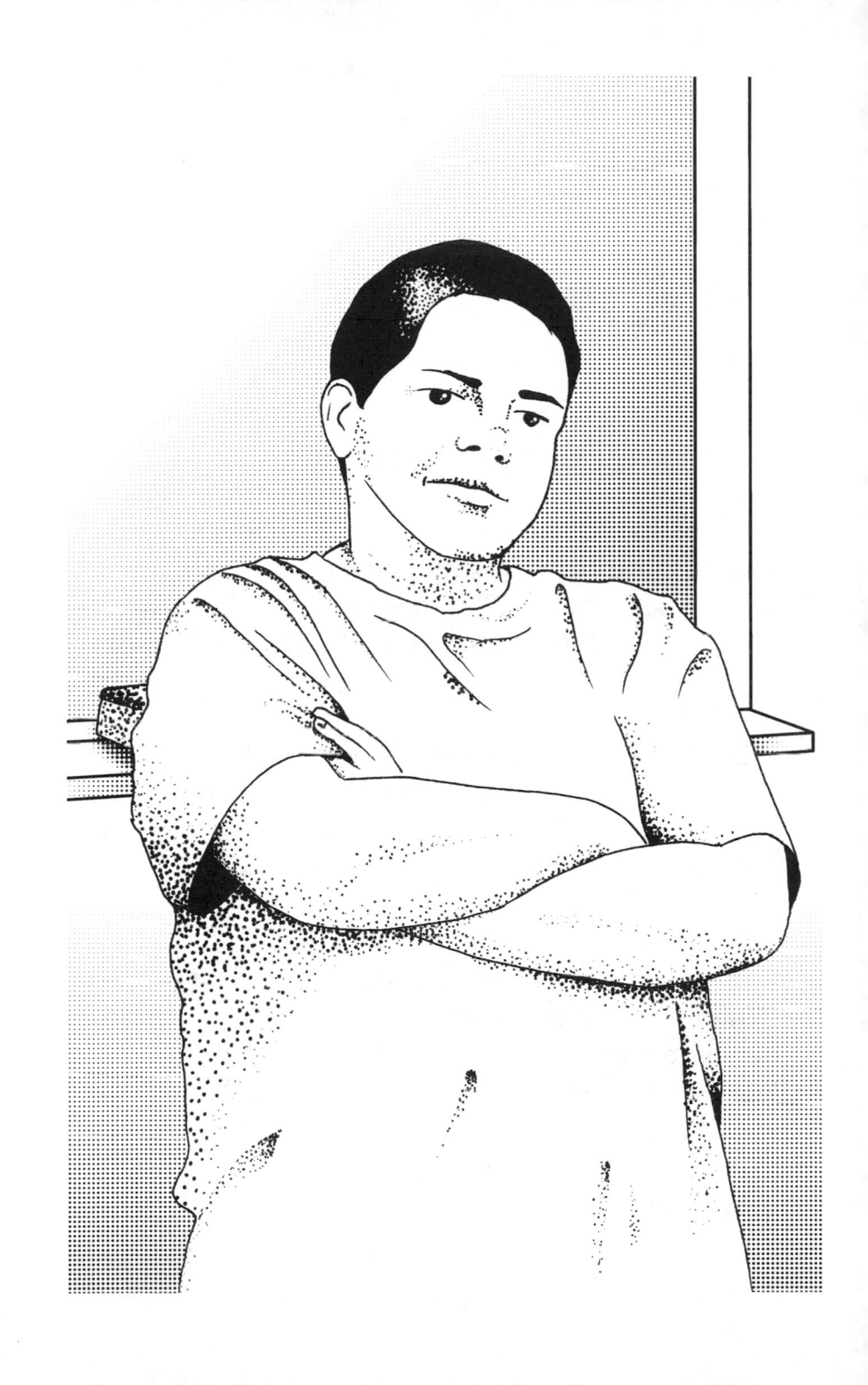

—Bueno, si te interesa saber, tendrás que verme en el patio durante el recreo. Te espero debajo de las barras donde revelaré "La pieza del rompecabezas que probará a Bucho que soy un detective privado incomparable". Estén ahí o se lo perderán —dije, di media vuelta y me alejé lentamente y con calma.

Un momento más tarde, un chico a mi derecha me pasó una nota.

Me había estado preguntando si mi supuesto Ángel iba a intentar ponerse en contacto otra vez. Él o ella no había sido nada de ayuda esta vez, y esto iba a ser demasiado tarde.

Abrí la nota y la puse en el escritorio frente a mí. Estaba ansioso por saber si él o ella había llegado a la misma conclusión que yo, o ¿sería otro tonto acertijo? No se imaginan mi conmoción cuando leí lo siguiente: "Si vas a decirnos lo que creo que vas a decirnos sobre Natalia durante el recreo, no lo hagas. Déjala en paz. Y punto. O tendrás que vértelas conmigo detrás de la cafetería después de la escuela. Déjala. En. Paz. Ya ha sufrido bastante. Sinceramente, Bucho".

No lo podía creer. Bucho había descubierto quién era Natalia, o al menos así lo creo. Lo que era más raro era que la estaba defendiendo en vez de molestarla. El Bucho que yo conocía molestaría a la chica silenciosa hasta que ella soltara su verdad ella misma. No descansaría en su cometido. En todo sentido de la palabra la fastidiaría hasta que ella confesara quién era y de dónde venía.

Esto era de lo más extraño.

Pero no iba a dejar que una amenaza de violencia me detuviera. Tenía algo que probarle a él y al resto. Yo era un detective de verdad. Yo era un detective extraordinario. A un Detective Privado se le toma en serio. Cuando estaba en un caso no descansaba hasta descubrir lo más mínimo sobre un sospechoso, revelar quién lo había hecho o descubrir la pieza final del puzzle. Yo, también, podía ser incansable.

No sería intimidado.

Y, evitaría la parte trasera de la cafetería. Así de simple. Me aseguraría de que cuando Bucho estuviera cerca que un adulto también lo estuviera. Simplemente gritaría para atraer su atención y evitar una golpiza en sus manos. Si conocía a Bucho bien, eventualmente él enfocaría su atención en alguien más.

Decidí en ese momento que compartiría mi monumental descubrimiento con todos y cada uno de los que llegaran al patio de juegos. Aunque secretamente esperaba que Bucho no fuera. Por si acaso.

SIETE

L OS ÚLTIMOS DIEZ MINUTOS ANTES DEL RECREO, la Sra. Garza nos pidió que sacáramos nuestros libros para la lectura en silencio. —No es de todos los días que se tienen diez minutos para relajarse y disfrutar la magia de la lectura, así es que aprovéchenlos.

Había parado en un capítulo súper emocionante sobre el descubrimiento de verdaderos extraterrestres en el lugar de un accidente en Roswell, Nuevo México, en los años 50. Había fotos de un extraterrestre con ojos de insecto acostado en una camilla, alrededor de él habían varios doctores con mascarillas y hombres vestidos de negro. Pero no importaba cuanto quería volver a lectura, no podía. El recreo ya se aproximaba y debía planear mi estrategia.

Quería que se desarrollara como una escena de un drama judicial. Yo sería el abogado acusador paseándome de un lado a otro, mis manos en la espalda, una mirada seria en mi cara. Pararía, voltearía a mi especie de jurado y punto por punto revelaría que Natalia no era la hija de traficantes o espías rusos o que se había escapado de un circo. Ella era, en realidad (Podía oír la música dramática creciendo en mi cabeza mientras me acercaba a mi

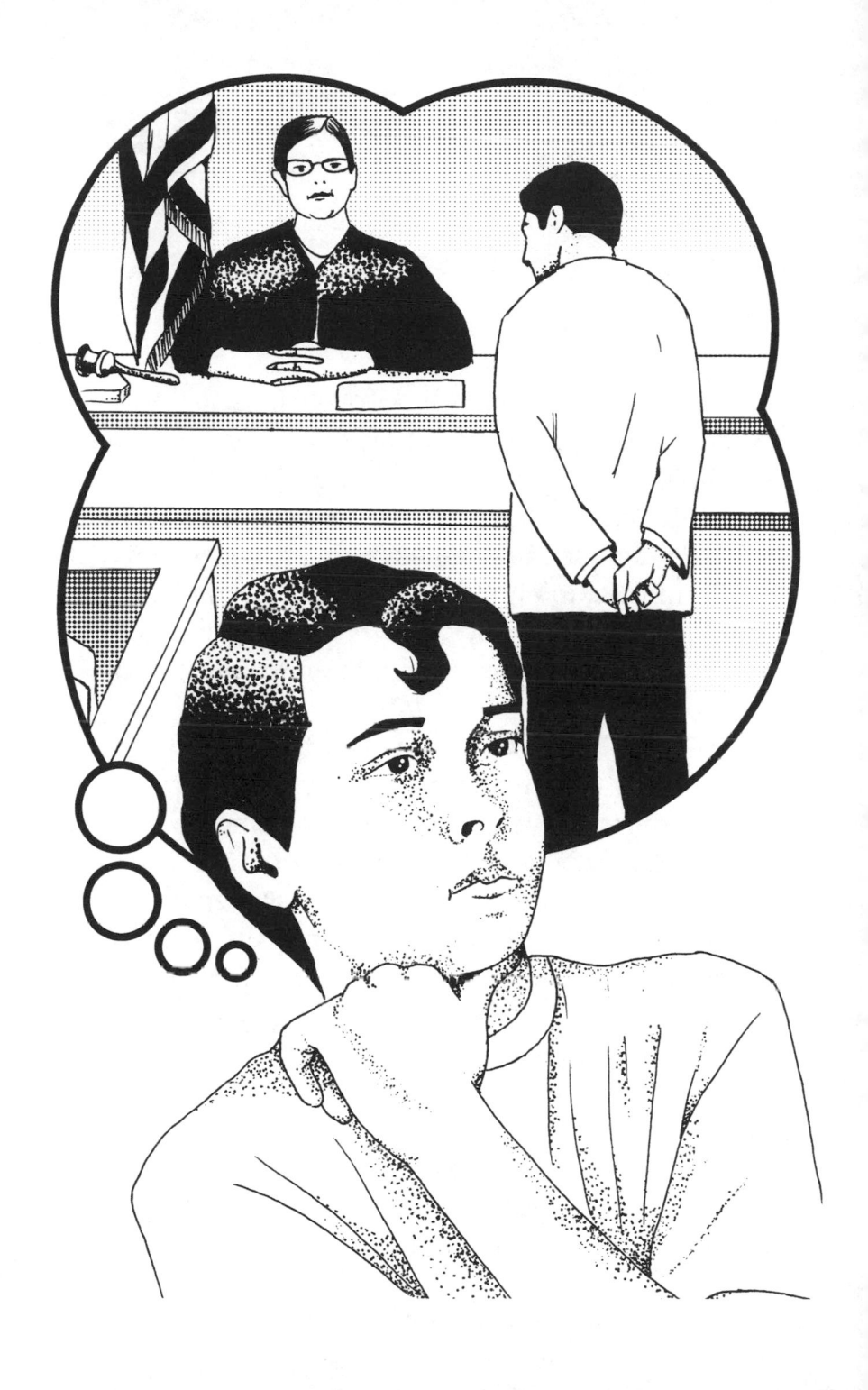

revelación), ella era una Menor sin compañía, una de entre cientos y cientos de otros chicos que como ella habían escapado de su hogar en busca de una vida mejor que sólo Estados Unidos puede ofrecer. Podía imaginar a todos los chicos cautivados a mi alrededor. Estarían prendidos por mis palabras, por mi genialidad.

Alguien tosió. Volví a mi sueño. Entonces alguien tosió un poco más fuerte y eso me distrajo totalmente de mi sueño. Me di vuelta para ver quien había sido y era Bucho. Moduló las palabras, "Déjala. En. Paz".

Ricky, en la última fila, leía, aunque sus ojos estaban caídos. ¿Cómo podía ser que estuviera siempre tan cansado? Dormía bastante. Mucho más que yo.

Ya no pude volver a mi sueño, así que abrí mi libro y una nota cayó de él. Me pregunté cómo lo había hecho Bucho para meterse en mi mochila y dejar su segunda nota. Era muy torpe, no lo podría haber hecho sin que yo lo notara. Pero ahí estaba, una nota doblada, esperando a que la abriera y la leyera.

Ésta decía, "No acertijos esta vez. Este misterio es más grande que tú. Déjalo. En. Paz. No es un juego. ¡¡¡Ángel!!!"

¿Qué? No era de Bucho. Era de mi supuesto Ángel y él o ella me decía que lo dejara. ¿Pero cómo podría dejarlo? Estaba al borde de algo grande. Mucho más grande que yo, estaba de acuerdo. Tan grande, de hecho, que tenía que compartirlo con

todo el mundo. O al menos con los chicos en el patio de juegos. Pero, vamos.

Miré el reloj. Teníamos tres minutos antes del recreo.

OCHO

SONÓ LA CAMPANA y nos formamos en la puerta como siempre lo hacíamos. Esperamos a que la Sra. Garza nos dejara ir. Y lo hizo. Miré hacia atrás en su dirección justo cuando estaba volteando hacia la izquierda para salir de su salón, y alcancé a captar brevemente una imagen. Era la Sra. Garza con su brazo alrededor de Natalia quien lloraba. Al parecer no volvería a estar con nosotros otra vez.

No hace falta decirlo, fue la caminata más larga hacia el patio de juegos donde los chicos ya se habían reunido bajo las barras.

Caminé lentamente porque no podía sacarme de la cabeza la imagen de Natalia llorando. ¿Cómo podía estar tan triste? Y, me preguntaba, ¿Mi revelación ayudaría a hacerla feliz o más triste? Más triste, de seguro.

Justo entonces, Bucho me tomó del codo. Paré. No me soltó, pero noté que suavizó su apretón. En sus ojos había una mirada que nunca había visto antes, como si me estuviera rogando. Una mirada de tristeza, muy parecida a la mirada que Natalia me había dado el día anterior, la que ahora entiendo no era una mirada de enojo, sino de pena. Me susurró,

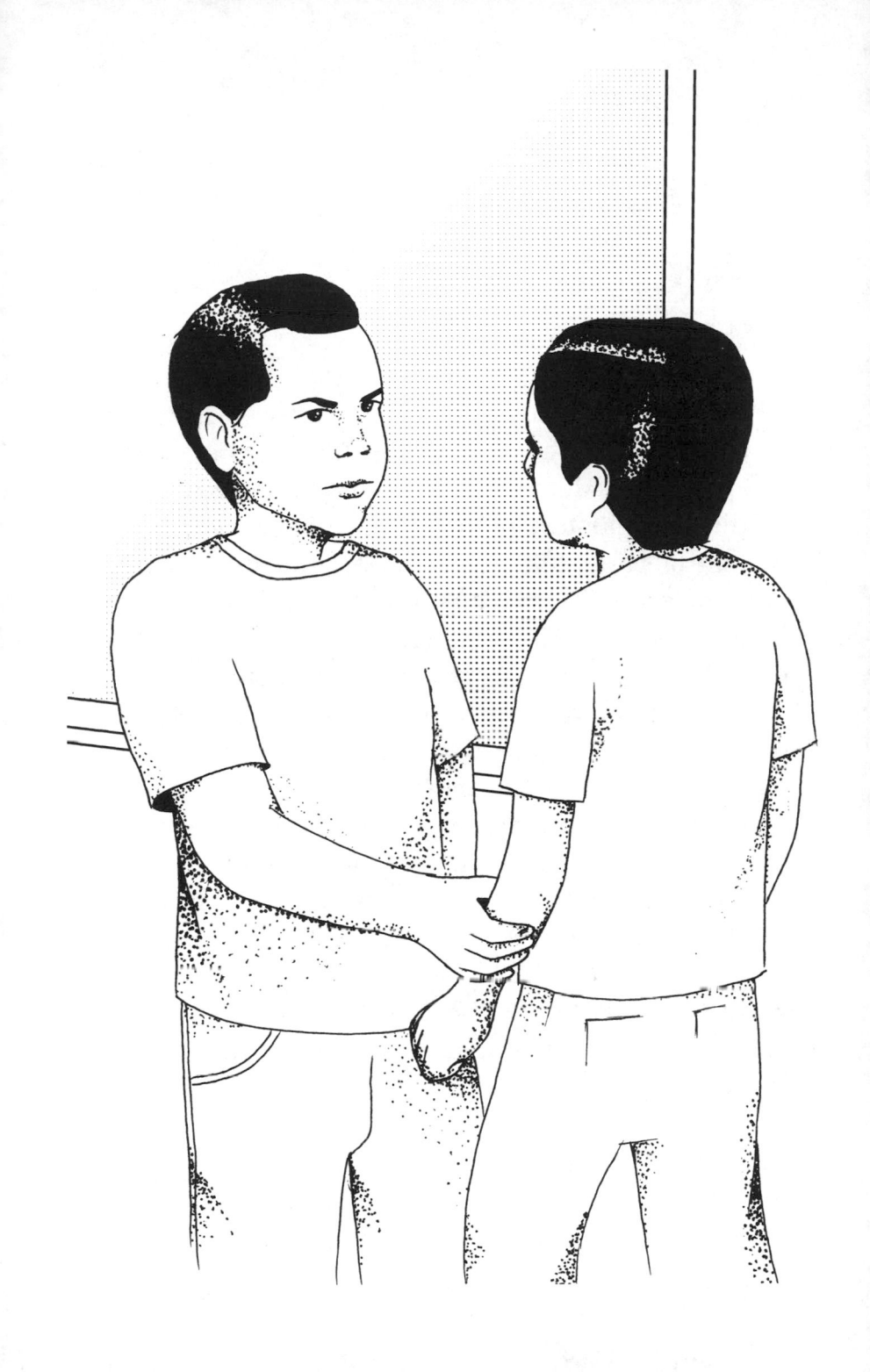

—Por favor, Mickey, no lo hagas. —Su voz tembló. ¿Quién era este chico?— No lo hagas, ¿sí? —Soltó mi codo y caminó alejándose de las barras.

OOO

Al final, no les dije a mis compañeros reunidos bajo las barras quién era Natalia. Por primera vez, tuve que estar de acuerdo con mi supuesto Ángel, e, interesantemente, con Bucho. Natalia ya había sufrido suficiente, y obviamente aún estaba sufriendo de acuerdo a sus conversaciones con la Sra. Garza. Y, honestamente, el sufrimiento no iba a parar muy pronto.

Y aunque no sabía casi nada sobre ella excepto lo que había podido descubrir, sí sabía lo siguiente de esta chica que había aparecido de la nada un día, que era una chica como yo era un chico. En otras palabras, ella era aún una niña. Y era muy triste que ya gran parte de su niñez hubiera pasado con esta clase de dolor. ¿Y quién era yo para hacérselo más difícil? Sólo un chico más, eso nada más. No era el gran Mickey Rangel, Detective Privado, el que había descubierto la verdad sobre su identidad. Era un niño que no tenía nada que ver haciendo a otro niño sentirse aún peor de lo que ya se sentía.

Así que les dije a los reunidos en el patio de juegos que me sentía muy seguro de haber descubierto quién era. Estaban hechizados. Les dije que apenas hacía una semana había leído un reporte sobre abducciones alienígenas.

Antes de que tuviera la oportunidad de acusar a Natalia de haber sido abducida por los hombrecitos plomos y devuelta a la tierra recientemente, me dijeron de todo, como, "Mickey, estás loco, completamente loco inventando historias como esa". Y, "¿Eso es todo lo que tienes?" Y, "¡¿Perdí cuántos minutos de recreo por tonterías como esta?!" Y, "Mickey, tratar de pasar mentiritas como esa por la verdad—no está bien". Y, "No deberías hacer chismes como esos. La gente puede resultar perjudicada, ¿sabes?" Y, "Deberían venir los extraterrestres y abducirte a ti". Y, "Yo estoy de acuerdo con Bucho, tú no eres un detective, no importa lo que diga tu identificación".

Yo no iría tan lejos, pero los entendía. Los rumores, no importa quién los difunda o por qué razón, no son buenos. Y aunque haya hecho justo eso mismo, bueno, el exponer la verdad sobre Natalia habría sido peor que correr un rumor sobre su secuestro por extraterrestres.

En un análisis final, era lo correcto en este caso, sin importar que no haya podido poner a Bucho en su lugar. De hecho, él me puso a mí en mi lugar y a veces, eso está bien también.

En clase, más tarde, la Sra. Garza preguntó si había hecho algún progreso en mi caso. Asentí.

—Más de lo que me imaginaba —dije.

Encontré una nota en mi escritorio. Estaba firmada por Bucho: "Mickey, aún no eres un buen detective, pero en este caso, hiciste lo correcto, así es que, gracias". Justo al lado, metida bien apretada y escrita en tinta roja, estaba otra nota: "Sí, esto (con una flecha apuntando a la nota de Bucho)". Firmada, "Tu

supuesto Ángel". Era típico de él o ella encontrar una manera de pasarme una nota.

No pude evitar sonreír. Me volví para ver a Bucho, pero él estaba mirando por la ventana. Entonces pensé mirar hacia Natalia, pero decidí que mejor no. No necesitaba hacerlo.

NUEVE

UNOS DÍAS MÁS TARDE, así como había llegado, la chica que vestía el desgastado vestido azul con cuello de encaje, el viejo y desgastado lazo y los zapatos cafés rayados, desapareció.

Pasó algún tiempo: ¿días?, ¿semanas?, ¿meses? No recuerdo. Pero pasaron. Lo que no se desvaneció fue mi recuerdo de ella. Había venido de una ciudad, aunque no sé bien de dónde en Guatemala. Pero de un lugar importante para ella. Había dejado a una familia atrás, de eso estoy seguro. Había viajado ya un camino largo y difícil. Y estaba seguro de que su camino aún no había terminado.

Al pensar sobre ella y mi intento tonto de descubrir su identidad, deseé dos cosas: una, que un día ella llegara a un lugar donde pudiera eventualmente sonreír otra vez; y dos, que supiera que lo sentía por haberla hecho sufrir como lo hice.

A veces algunos misterios es mejor dejarlos sin resolver.